照井翠

句集

# 泥天使

コールサック社

句集

# 泥天使

# 句集　泥天使　目次

# Ⅰ　泥天使

# 三十六句

海《かい》嘯《せう》の弧を保ちつつ陸《くが》呑みぬ

黒波の来て青波を呑みにけり

三月やメドゥーサの喉掻切らる

春の底磔《はりつけ》のまま漂流す

しら梅の二度頷きて呑まれけり

瓦礫より舌伸べ雪を舐めたるか

三月や何処へも引かぬ黄泉の泥

春の海檻《らん》褸《る》となりて拾はるる

逝く春の浜に小さく揚がりけり

三・一一死者に添ひ伏す泥天使

春の泥しづかにまなこ見開かる
屍《しかばね》を築きあげたる春の月

剝製の眼窩を埋め春の泥

春泥の波打ちて嬰《やや》産みにけり

遺体安置所　五句

雪積みし屍《かばね》の袋並べらる

春の泥抱起すたび違ふ顔

抱いて寝る雪舞ふ遺体安置所で
死が横で息をしてゐる春の宵

雪間より青きを摘めり柩花

イエスだけ生返りたり春の闇

ふきのたう賽《さい》の河原の泥童《わらは》
三月の君は何処にもゐないがゐる

一杯の水を信じず春の宵

三月を犬転げきて泥吐きぬ

雛まつり泥の乾かぬ開かずの間

あとは墓据うるばかりや春の雪

流されて流れ着かざる春の海
桜咲き帰らぬ人となりにけり

ひとりづつ剝がされてゆく桜かな

佇めば誰もが墓標春の海

花冷や諍《いさか》ひしまま逝かしむる

泥のうへ花曼《まん》荼《だ》羅《ら》となりにけり

夜桜や影精《しやう》霊《りやう》のごと揺るる

蝶翔ちぬ瀕死の人のくちびるを

ひと湾を抱きて散れる桜かな

海からも海へも桜散りにけり

# Ⅱ　龍の髭

三十六句

母の手に成るもの優し蓬餅

伸びあがり皮一枚の仔猫かな

紅梅の名前は千鳥昼の酒
しら梅の加賀といふ名にまづ酔ひぬ

澱に澱重なる濁《だく》酒《しゆ》朧月

水芭蕉最後の光吸取らる

北上は桜の渦となりにけり

花吹雪花魁《おいらん》のごと霊柩車

橋渡り花の匂ひの静まりぬ

花筏百階段となりにけり

雲浮かべ青田の水となりにけり

初鰹酒のおもてのうす脂

朴の花天を相手の愉しさよ

青嵐《せいらん》を下りてそのまま駆出しぬ

空豆の手に潰れゆく相撲かな

花水木ひらりと紙のやうなガム

付替へし校章の艶更衣

森やがて汀となりぬ半夏生

龍の髭伸びてくるなり青山背《やませ》

迎へ梅雨砂にて巣穴縁取らる

抜くだけの本抜きをれば牛蛙

水搔で拭ふくちばし夏はじめ

壁に頭《づ》の脂の染みや走り梅雨

風鐸のチャングチャングと夏来る

立つところ立たしめ泰山木の花

ギンドロの絮《わた》渦巻かせ賢治来る

息かけてやれば目を上げ病み夏蚕《なつご》

病み夏蚕見えざる糸を吐きにけり

夏は風ギンドロの葉の喝采の

蜘蛛の囲の破れて風に統べらるる

夏の闇滴りやまぬガレランプ

桂米朝の噺

茄子《なすび》とすこの暗闇に蔕《へた》つけて

チベット　四句

天の川輪廻を回す人の群

銀漢を僧揺りあぐる読経かな

鳥葬や僧の欠碗埋むる蠅

天空へ熱沙擦りゆく祈りかな

# Ⅲ　雪沙漠

# 六十四句

津波より人間怖し黄水仙

丹つつじの耳まで裂けてゐたりけり

応へなき空谷《くうこく》の闇半夏生

海原を突出す手足松の芯

夏椿散りて亡骸無き浜辺

腸《はらわた》を嗅ぎあひて交ふ梅雨の橋

二日にて壊す一軒梅雨の底

目の下の隈を大きく海鞘《ほや》酢嚙む

産土《うぶすな》の死化粧なり半夏生

螢《ほうたる》や握りしめゐて喪ふ手

初螢人を呑みたる川のへり

青山背木に生《な》るやうに逝きし人

ひとりづつ呼ばるるやうに海霧《じり》に消ゆ

空蟬の手足外してやりにけり

蜩や山の頂まで墓場

断念の向日葵殖ゆる河口かな

よちよちと来て向日葵を透き抜くる

夏草や壺の口まで埋むる骨

死に近き声やはらかや籠枕

開け放ち海へ棚経聞かせをり

闇へ声かけては進む花火かな

花置かばいづこも墓場魂祭

送火の火跡を残し掃かれをり

盆の月海は砂浜喪ひぬ

流灯を促す竿の撓ひをり

手花火の何か言ひかけては尽きぬ

泥染みの形見の浴衣風が着る

生きてゐて死んでゐてする踊かな

夏の星耳澄ましゐてどれも声

ふる里と大きく書かれ秋の浜

涯《はたて》無き津波砂漠や天の川

天にても呼ばひわたれる鰯雲

枯れきれば無かりしごとし曼珠沙華

岬抜けまづ虎躍り神楽船

虎舞の秋刀魚の煙破りけり

どの顔も泣腫らしをり烏瓜

潮引かぬエデンの園や泥林檎

露草の澄みゆくなかに遺さるる

どこまでも人捜しをり天の川
咲き初めて破れ朝顔なりしかな

咲けぬとも咲ききりしとも朝顔は

霧がなあ霧が海這ひ魂《たま》呼ぶよ

もう二度と目覚めぬ菊でありしかな

生き死にの釜石の川鮭上る

鮭は産む朝の光を撥ね上げて
いくたびも水面を打ちて鮭逝きぬ

釜石　呑ん兵衛横丁「とんぼ」

どんこ汁跡形も無きママの店

浜滅び雪の沙漠となりにけり

牡蠣太る海の奴隷の人間へ

声ごゑの陸《くが》より湧ける初日かな

潮のたび海となる径初明り

はらわたの無き道ばかり初茜

寒念仏《ねぶつ》津波砂漠を越えゆけり

春の海たましひ繋ぐ縄電車

手も足もなき三月の闇の底

さへづりや黄泉より木霊返りくる

まだ立ち直れないのか　三月来《く》

震災五年時は薬よ毒入りの

埴輪より昏き瞳や春の月

三月の針ばらばらに指されをり

卒業し大海原を往くといふ
まづ雪が弾く再生の泥ピアノ

仔猫クロ泥の胎《はら》より生れけり

大切のしら骨のもう海のもの

# Ⅳ　巴里祭

五十二句

腰細き利休の茶杓雛まつり

押当てて白き精出す春の犬

夜桜や指に力の加へらる

朧夜のをんなにひとつ紅珊瑚

陰《ほと》深くくれなゐ兆す桜かな

指白く濁りて匂ふ春の宵

死ぬといふひとつ愉しみ桜の夜

夕桜夢にはぐれし者同士

影やがて痺れてきたる桜かな

双蝶の息をひとつに交はりぬ

朧月嘘でもそこを湿らせて

暗闇のひとつ穴なり春の月

夜気肌の奥まで濡らし遠蛙

牡丹《ぼうたん》の揉みしだかれし真くれなゐ

迎へ梅雨潮の匂ひの私娼街

蛞蝓《なめくぢり》をんなの凝脂吸取らる

水中花白き裸身に縋《すが》りつく
蛞蝓宦《かん》官《がん》となり添ひ遂ぐる

遠蛙待ちも待たせもしない人

かきつばた最後の客の吸込まる

青鬼が五月雨の戸に立尽す

尻残し蛞蝓《なめくぢ》のいま花の芯

愛ゆゑに別れしふたり巴里祭

蛇苺生れながらの罪など無く

百合の花ふたり汚れて開きあふ
ほうたるの破線のいのち交はりぬ

青き血を首に巡らせ薔薇の家
白百合や胸の釦の弾けをり

百合匂ふ君が始めし夜の底

読まれざる文また束ね沙羅の花

別れきてひとりの時間ギムレット

露草の湿りよ別れくちづけは

舟べりに爪弾く芸妓月見草

逢はぬ夜のなかなか明けぬ天の川

あなたから成るしら露もこの霧も

エナメルのソファーのゑくぼ冬に入る

しぐるるや別れぬうちに想ふ明日

尻より手入るる人形近松忌

しなやかに反る猫冬のジャズクラブ

トレモロに散りくる枯葉ケイコ・リー

七人の小人は翁クリスマス

シャンパンを這ひのぼりゆく冬の星

手焙や机の端の銀鋏

最愛の一重瞼の山茶花よ

障子背に翼となれる羽織かな

山茶花の夜通し緋きことしたり

寝室を貫く氷柱王女病む

凍りきて川の真中で繋がりぬ

二ン月や枝の先まで真くれなゐ

雪の舌少し湿らせめくらるる

白鳥の夢でも恋を鳴くらしく
片翼の白鳥闇へ羽搏《う》ちけり

# V

# 群青列車

八十八句

釜石は大いなる渦鳥帰る

水底より泡生れつぎ入学す

夕桜指もて涙拭はるる

斬りつけてきりつけて空《くう》つばくらめ

ハンカチに収まりし骨花水木

半夏生静かに闇を侵す毒

紫陽花やあの人のゐる青世界

話すから螢袋を耳にあてよ

紫陽花の濃く細やかな声の出づ

螢の闇膨れきて呑まれけり

腐りゆく冷たき光梅雨茸

螢の磧《かはら》に骨を捜しをり

屍の黒く群がり梅雨の底

月見草死者のその後を祈りをり

浜百合を挿頭《かざし》に人語絶えし村

蜩や無念の声のうすすす濁り

浜百合や津波の舐めし白き崖

君が逝く螢で前が見えないよ

万緑の底で三年死んでゐる

蜩や懐に石詰めらるる

分かるのか二万の蟬の溺死なら

インド　ベナレス　一句

ガンジスや屍《かばね》は流れつつ水に

草茂るずつと絶望してゐろと

一日のなかの永劫白木槿

海を発つ群青列車流れ星
別々に流されて逢ふ天の川

三日月や永遠の眠りの白柩

霧が山生むか山襞生む霧か

秋風や遺影に三年《みとせ》加へみる

稲架《はざ》襖《ぶすま》脚なき群となりにけり

音もなく闇に呑まるる月の骨

秋濤《しゅうたう》へ血を乳のごと与へけり

横糸は祈る心や曼珠沙華
しら露のどのひと粒に君は棲む

墓石も紅葉明りとなりにけり

炉開や女の骨の焼《く》べらるる

返り花散りぢりにして泥だらけ

涸沢や骨の匂ひの朴落葉

残菊や指の先まで通はぬ血

帰り花こんどはこたに苦しまぬ

死に河豚の垂直のまま流れをり

浮ぶたび見知らぬ町や鳰《かいつぶり》

遺されて暖炉の前の揺られ椅子

縦よこに組まるる屍牡丹焚

回廊を巡るたましひ霜柱

冬雀膨らみてゐてがらんだう

咲揃ひ触れ得ぬ高さ冬薔薇《さうび》

虎落笛《もがりぶえ》あらゆる声となりにけり

どこから水漏れてゐる春の闇

朧月骨の継目のなかかりけり

桜咲く死を最上の友として
たましひも尻据ゑて見る桜かな

土塊《つちくれ》か落花を滑り来し魂か

死の風の吹く日も麦の熟れゆけり

制服を透けゐる屍更衣

島なせる藤の盛りを母郷とす

麦の秋忽と裂かるる地の起伏

ジューンブライド海を彷徨ふ白ドレス

屍より管伸びきたる浮葉かな

麦の秋どのひと粒も海に朽つ

人形の翳《かざ》す白《はく》刃《じん》時鳥

螢の泥の底より湧き出でぬ

誰ひとり帰らぬ虹となりにけり

滅亡の文明ほどに土盛らる

ややありて海を容れゆく白日傘

君逝くやこんな蟻さへ生きゐる世

虹うすし海嘯の地を遠巻に
海嘯の合間あひまの茂りかな

盛り土に沈みゆく町盆帰省

波の穂の万灯揺るる夏の月

指先の闇かへしゆく踊かな

風鈴の擦《す》り半《ばん》津波またくるか

渡り来る人ゐて虹の消えにけり

手花火ややかの日人魂交ひし浜

死にかけの蟬掻集め埋めけり

烏《からす》蝶群れゐる岸辺離れけり

蜩や海ひと粒の涙なる

死者に死を返しつつ解く踊かな

転げゆく風の塊稲雀

秋刀魚焼く煙が標《しるべ》帰り来よ

流れ星億光年を散骨す

星いつか地に還りたし露の玉

亡き人へ低く灯せる聖夜かな

光りてもここに無き星冬銀河

# Ⅵ　縄文ヴィーナス

七十六句

初春やかつて市《し》井《せい》に放屁芸

樊《はん》噲《かい》の盾にて享くる初日かな

新年の飛機迷ひなく雲吐きぬ

雪玉の田芹の香ごと握らるる

うたた寝の母の手緩みきて蜜柑

胸中に母を響かせ寒厨

踏みしむる氷の下の流れかな

凍る池鯉ふた粒の紅珊瑚

白鳥の光る泥濘《ぬかるみ》ごと立ちぬ

手を打てば龍忽と消え寒の寺

凍滝の己が帳《とばり》を破りけり

人肌に燗つけくるる割烹着

寒林のところどころの頬袋

媼来てふつと吸ひたる冬牡丹

捨雪の最後は炭となりにけり
ふきのたう翔びたつさまに揚げらるる

立切れし線香の灰米《べい》朝《ちょう》忌

春泥に顔を突込みアンネの死

観音の裏は割烹沈丁花

下町は誰も立呑み春の風

咲く前のくれなゐ匂ふ桜かな

この小さきいのちの震へ蜆蝶

しばらくは湯の匂ひなる桜かな

地の影も染みも人間原爆忌

灼くる島千人針の虎いづこ

ふるさとの瑞穂を胸に特攻す

夏の雲では征きますと逝きにけり
腸に群がる野犬夏の月

秋白く自決の崖に並びけり

曼珠沙華死の番号を刺青《いれずみ》す

水澄しこれほどあらば王国よ

西瓜食ふ種選る力なき父と

水を皮いちまいにして秋の鯉

みちのくの淡き体毛花オリザ

稲の香や二十歳の母の吾を産みぬ

実りゆく色の階調峡棚田

真ん中の真っ赤な女王毒茸

刃の毀《こぼ》れ溢るる脂初秋刀魚

月山や芯まで透くる毒茸

中陰の秋明菊の灯《ともし》かな

まづ海の光りて月の昇りけり

堰き止めてわたくしは湖《うみ》哀しみの

精絞りきりたる鮭の白さかな

須賀川の落葉や曾良の背負籠

縄文のヴィーナスの穴ひょんの笛

霜の夜の半音高きショパンかな

しはしはの鯨の耳《じ》骨《こつ》霜の声

落つる声湧くこゑ雁の塒《ねぐら》入り

落雁の渦巻く芯の無音かな

真ん中をうねる脊椎冬の川

薄紙の闇うち重ね冬の月

平泉　毛越寺常行堂

延年の舞ひるがへる衣《きぬ》へ雪

キューバ

冬ハバナ死闘の破船漂流す

バルカン半島

新年のセルビアの橋銃声満つ

イスラエル　四句

銃を抱き眠れる兵士クリスマス

オリオンの三つ星神は誤たず

ゴルゴダは裏切りの丘冬落暉《らっき》

冬の星一人ひとりが十字架よ

ポーランド　六句

東より入り西へ去る冬の民

愛人の抱く白貂《てん》冬館

コニャック《ショパン》に眠る心臓冬の月

冬の城どれも顔無き肖像画

天狼や青きワインを滴らす

冬北斗消えては生れポーランド

アウシュビッツ　十二句

終着の駅は死の町虎落笛

一列に連行されてゆく白鳥

冬の蠅ユダヤ絶滅収容所

腐れ蕪益無き民へ与へらる

天狼や民の選びし独裁者

ガス室の冬天の穴閉ぢきらる

堆《うづたか》き女の遺髪霜の声

死の灰の中より生れ雪螢

立《たち》牢《らう》の四人隙間無く凍り

民凍てて神の啓示のなかりけり

餓死房《ばう》の神父の祈り冬薔薇

虐殺の百万人の冬白樺

# Ⅶ

# 蟬氷

三十二句

初明り海だけ元に戻りけり

泥に胸圧《お》されて覚むる三日かな

手鞠唄死神のこゑ低かりき

三・一一前の二月や死の匂ふ

二ン月や噛尽されし真夜の爪

たましひの褥《しとね》や蟬の羽根氷

白鳥の声を引取り死者のこゑ
精霊も根回り雪となりにけり

永遠に孵らぬ卵二月尽

二月尽黄泉を大きくしてをりぬ

今日はけふばかりのいのち二月尽

人呑みて光の春となりにけり

泥匂ふ天使の翼三月来

龍宮も卒業式となりにけり

三月と神との二人羽織かな

大槌

湧水は雪容れ庁舎解体す

雛まつり遺影外され伏せらるる

三月の喉に指入れ吐きにけり

わたくしの背《そびら》の削がれ春の風
三月を喪ひつづく砂時計

春の濤《なみ》千度に一度君のこゑ

海嘯の万のマフラー巻去りぬ

三・一一みちのく今も穢土《えど》辺土《へんど》

千年も要さぬ風化春の海

忘れたり三・一一も英霊も

死なば泥三月十日十一日

まづ泥を吐ききりて咲く椿かな

三月や光らざる星輝き来

寄するもの容るるるが湾よ春の雪

戦災も震災も人ひとりにす

また春が来るのか泥に沈むのか
降りつづくこのしら雪も泥なりき

# Ⅷ　滅びの春

# 二十四句

肺白く芽吹き人類滅亡す

渦を巻く鳥よ三月禍々し

信じ来しものみな捨てし桜かな

花咲くに花散るに人なかりけり

コロナにて死ねば抱かるる柩ごと
告別も哀悼もなき桜かな

人間の来ぬやう春を刈りにけり
自粛してたんぽぽの野に出勤す

たましひも距離を取りたる花見かな

息浅く過ごすふた月桜散る

桜散る此の世彼の世を密にして
免疫の渚や落花しきりなる

滅びゆく種として八十八夜寒

絶滅も進化メタセコイアの芽

人類の春に冒され滅びけり

かつてここに人類ありき犬ふぐり

見守りもマスクをしたる田植かな

つばくらめひと日千人埋葬す

変容の左折を迫る梅雨の蝶

合歓にみな覆されてしまひけり

蜩や自粛の果の弱法師《よろぼふし》

蛇苺つひに変容できぬ民

ウイルスの点描越しや梅雨の街

前兆の火球裂きゆく夏の闇

句集　泥天使　畢

# あとがき

# あとがき

句集『泥天使』は、私の六冊目の句集です。前句集『龍宮』は、震災で被災された方々への鎮魂と祈りの思いをこめた句集でした。そのため、震災詠を中心に句を収録しました。

本句集には、『龍宮』以降約八年間の震災詠と、第四句集『雪浄土』以降約十二年にわたる、私の「常の句」を収めることができました。

また、最終章には、この度の疫病禍における俳句も収めました。

『龍宮』、『釜石の風』（エッセイ集）、そして『泥天使』。ささやかではありますが、私の「震災三部作」が、これで完成いたします。

震災からもうじき十年を迎えます。恐怖の記憶は、薄れてきました。

穏やかな日々を送っていますが、歯磨き用のマグカップだけは、震災で床に落下し少し縁が欠けたものを使い続けています。時折、ぼんやりして、尖った縁に唇を当ててしまい、血が滲むことがあります。

このカップだけが、私の手元に残った「震災」です。

髪も、いまだに自分でカットしています。詳しくはエッセイ集『釜石の風』に書きましたが、美容室へ行って髪を切ろうとすると、またあの日と同じような大地震が来るような気がして足が竦みます。十年も経つというのに、まだ越えられない壁があることに愕然とします。

この間、様々なご縁をいただきました。インドに招かれ、詩歌の会で俳句を朗読したり、日本記者クラブで釜石の現状を教師・俳人の立場からお話ししたり、エッセイが日本文藝家協会『ベスト・エッセイ』に収録されたり、女優名取裕子さんに舞台にて私の震災詠を朗読していただいたり、新聞社の企画で池澤夏樹さんに花巻までお越しいただきお話ししたり、岩手大学創立七十周年記念歌『虹の翼』の作詞を担当したり…。

この度の疫病禍で、人間とは周りに支えられていなければ生きていくことが困難な存在だと思い知りました。感謝の念を深めてまいります。

本句集が、皆さまのお心に届く一書でありますように。

二〇二〇年　霜月　森の落葉を踏みしめつつ

照井　翠

著者略歴

照井　翠（てるい　みどり）

昭和37年　岩手県花巻市生まれ。
平成2年　「寒雷」入会。以後、加藤楸邨に師事。
　　　　　「草笛」入会。
平成5年　「草笛」同人。
平成8年　「草笛新人賞」受賞。「寒雷」暖響会会員（同人）。
平成13年　「草笛賞」優秀賞受賞。
平成14年　「第20回現代俳句新人賞」(現代俳句協会)受賞。
平成15年　「遠野市教育文化特別奨励賞」（遠野市教育文化振興財団）受賞。
平成25年　第5句集『龍宮』により「第12回俳句四季大賞」および「第68回現代俳句協会賞特別賞」を受賞。
令和元年　エッセイ集『釜石の風』により「第15回日本詩歌句随筆評論大賞　随筆評論部門奨励賞」を受賞。

［著書］句集『針の峰』『水恋宮』『翡翠楼』『雪浄土』『龍宮』
　　　　エッセイ集『釜石の風』
［共著］『鑑賞 女性俳句の世界』三、加藤知世子論執筆。
　　　　『文学における宗教と民族をめぐる問い』
　　　　『東日本大震災　震災鎮魂句』(エスペラント語併記)

現代俳句協会・日本文藝家協会・日本ペンクラブ各会員。
俳誌「暖響」「草笛」同人。

石炭袋

照井翠 句集　泥天使

2021年1月11日初版発行
著　者　　　照井　翠
編集・発行者　鈴木比佐雄
発行所　株式会社 コールサック社
〒173-0004　東京都板橋区板橋 2-63-4-209
電話 03-5944-3258　FAX 03-5944-3238
suzuki@coal-sack.com　http://www.coal-sack.com
郵便振替　00180-4-741802
印刷管理　（株）コールサック社　製作部

装幀　松本菜央　　　カバー写真　照井翠

落丁本・乱丁本はお取り替えいたします。
ISBN978-4-86435-462-2　C1092　￥1800E